CE QUE CHANTENT

LES RUES

L'HOPITAL ET LES BOIS

par

Un humble barde breton

A Rennes

1866

CE QUE CHANTENT

LES RUES

L'HOPITAL ET LES BOIS

par

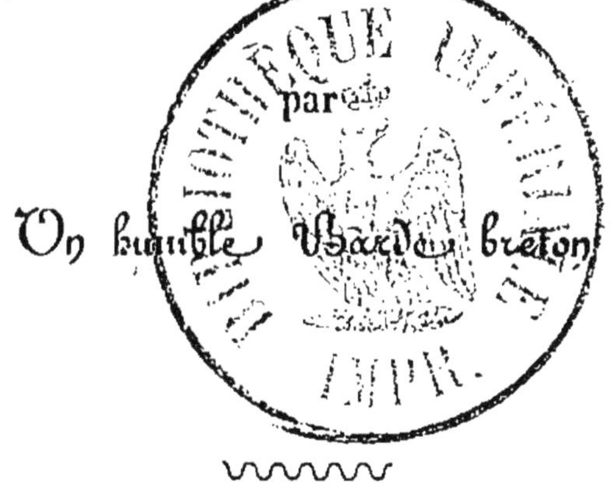

On brûle le Barden breton

A Rennes

1866

EN GUISE DE PRÉLUDE

~~~

L'IMAGE DE LA VIE

~~~

SONNET FANTAISISTE

~~~~~~

Du flot,

Qui passe,

Bientôt

La trace
~~~~~~

4

Sur l'eau

S'efface

Ou tôt

S'enlace.

Au flot

Nouveau

Qui coule

Et va

Où foule

Ira !

LES RUES

I

MAVOURNEEN
(Ma Mignonne)

Oui, croyez-m'en, chère mignonne,

Le seul bonheur que Dieu nous donne

Est celui de nous entr'aimer,

Quand l'amour a su nous charmer,

Car l'amour est une lumière

Qui dore la nature entière

De mille feux étincelants,

Qui valent mieux que diamants ;

Car c'est l'amour qui nous console

Quand l'égoïsme nous désole

En projetant son noir venin

Sur notre pauvre genre humain ;

Car l'amour est comme un mirage

Qui nous offre le doux présage

Des voluptés du Paradis

Des mahométanes houris ;

Aussi devant ce divin prisme

Voyons-nous fuir le prosaïsme

Comme ferait l'ange du mal

Devant l'éclat de l'Idéal,

8

Et si vous m'en croyez, mignonne,

Pour bien goûter ce que Dieu donne

De bonheur à qui sait aimer,

Tâchons de toujours nous charmer.

II

LE VIN

Le vin à la couleur vermeille,

C'est un ami de la maison,

Mais il faut que sur soi l'on veille

Et qu'on craigne sa trahison ;

Par sa chaleur si bienfaisante
Il met la bonne humeur au cœur,
Et par son influence aimante
Il rend aussi l'homme meilleur ;

Mais quelquefois sa vive flamme,
Apportant le trouble au cerveau,
Fait l'homme méchant pour la femme
Et fait un tigre d'un agneau.

C'est ainsi qu'en toutes les choses

Dieu met le mal avec le bon,

Qu'il met des épines aux roses

Et qu'aux cœurs il met le pardon.

Apprends donc, ami de la treille,

Apprends à te bien gouverner,

Dépose toujours la bouteille

Quand ta tête est prête à tourner,

Et, quand avec tant de délice,

Tu t'abreuves de ce nectar,

Songe que le Dieu de justice

Veut que chacun en ait sa part !

L'HÔPITAL

13

I

UNE VISITE AUX CHOLÉRIQUES

S'il est une maison sacrée,

Une maison digne de Dieu,

Une demeure vénérée,

Un temple digne du ciel bleu,

C'est la maison où la souffrance

Vient chercher du soulagement,

C'est la demeure où l'indigence

Rencontre amour et dévoûment;

Là ni soins, ni zèle, ni peine

Aux pauvres ne sont épargnés;

Là ni privation, ni gêne,

Tous secours leur sont prodigués;

15.

Cet hôtel a pour digne hôtesse

L'humble Sœur de la Charité,

N'est-ce pas dire la prêtresse

Du Dieu d'amour et de bonté ?

Car si l'hôpital dit : misère,

Il nous dit aussi solidarité,

Tout ce que notre cœur espère,

Dévoûment et fraternité !

Mais quand on voit la Souveraine

Si gracieuse à tout Français,

Comme une Providence humaine

Prendre l'hôpital pour palais,

Tous les cœurs chantent la louange

De cette Femme d'Empereur

Qui voudrait dans son âme d'ange

Que chacun l'appelât : « *Ma sœur !* »

II

HYMNE A LA CHARITÉ

Cantate

ÉPIGRAPHE.

La charité n'est qu'un reflet, celui de Dieu ;
Ses bienfaits sont pour nous la manne du ciel bleu.

La charité, trésor de l'âme,

Bénit tout et jamais ne blâme ;

C'est un divin reflet d'en haut

Qui ne nous fait jamais défaut.

C'est un écho de la parole

Qui nous émeut et nous console,

C'est Dieu lui-même en vérité,

Car elle en a la sainteté.

Oui, c'est le baume de la vie

Qui de nous éloigne l'envie

Et sait nous mériter toujours

Du Ciel le céleste secours.

Chantons donc cette fleur divine

Dont le parfum dit l'origine,

Et rendons grâce au Créateur

D'en avoir fait l'écho du cœur,

Et bénissons surtout la femme

Qui, ne consultant que son âme,

De l'hôpital se fait la sœur

Pour se consacrer au malheur.

CHŒUR.

Oui, chantons l'ange secourable,

Des pauvres la sœur adorable

Dont le nom partout est béni

Comme émanant de l'infini.

I

Le Crépuscule

Quand la lumière se tamise

A travers les arbres des bois,

L'âme s'exalte et poétise

Tout, même la mort et ses lois.

Le sage, alors caché dans l'ombre,

Découvre dans chaque rayon

Des troupes d'insectes sans nombre

Dont l'aspect trouble sa raison.

Il comprend que dans la nature

Tout est mystérieux et beau,

Et que partout la créature

Anime ce divin tableau.

Il sent que l'âme universelle

De toute la création

Provient d'une source éternelle

Dont il ne peut sonder le fond,

Et la science qui l'appelle

Lui dit que tout dans l'univers

Se transforme et se renouvelle

Sous mille et mille aspects divers,

Et qu'enfin la mort et la vie

Sont faites pour se réunir

Afin de pouvoir concourir

A l'universelle harmonie.

Le nid, c'est une merveille,

La demeure de l'oiseau

Qui sans cesse le surveille,

Abrité sous un rameau.

C'est l'asile où sa famille

Trouve sa sécurité,

Où l'oiseau chante et babille

Avec amour et gaîté;

Aussi son architecture,

Qui n'est jamais en retard,

Est-elle pour la nature

Un véritable œuvre d'art.

L'amour, la délicatesse

En ont fait seuls tous les frais,

Et cependant la sagesse

En a fait tous les apprêts.

Oiseaux qui dans vos retraites

Chantez et faites l'amour,

Faites bien ce que vous faites :

La vie est, mais n'a qu'un jour.

Les palais et la richesse

Nous montrent la royauté,

Mais le nid nous dit : tendresse,

Dévoûment, maternité !

Enfin le nid, c'est la chose

Dont le charme émeut chacun,

Comme nous séduit la rose,

Par sa beauté, son parfum !

CONCLUSION

~~~~~~

SONNET

~~~~~~

La nature est grande et sublime,

Eblouissante de splendeur,

Et l'homme n'est qu'un être infime

Qui ne grandit que par le cœur.

Mais de l'humanité la cime
Projette une grande lueur,
Qui nous fait éviter l'abîme
En éclairant sa profondeur,

Car cette cime, c'est son âme
Qui comme une divine flamme
Présente à ses yeux l'infini,

Comme le but de l'existence,
Comme la suprême espérance
De l'homme, quand Dieu l'a béni !

———

TABLE

Imprimerie LEROY, à Rennes.

www.ingramcontent.com/pod-product-compliance
Ingram Content Group UK Ltd.
Pitfield, Milton Keynes, MK11 3LW, UK
UKHW022355120726
13694UKWH00005B/1891